나의 그림일기장

정영선

- 바이올리니스트 칼럼니스트
- 2023년 문학고을 상반기 등단시인
  신인문학상(동시부분)
- moonjimom@naver.com

나의 그림일기장

나의 글을 보며 누구나 글을 쓸 수 있다는 생각을 가지면 좋겠습니다.
초등학교 3학년 일기장부터 가지고 있던 나는 언젠가 책을 내 보고
싶다는 일기를 발견하였고 이렇게 꿈을 이루게 되었습니다.
그 자체만으로도 행복합니다.
하루하루 열심히 살고자 한 변치 않은 마음의 결과인 것 같습니다.
앞으로도 마음을 활짝 열고 나에게 주어지는 기회를 향해 나아가고
싶습니다.
사람마다 아픔과 어려움이 있지만 누구나 빛나는 추억은 있습니다.
그 기억을 마음에 품고 꿈을 포기하지 않는다면
그 어떤 인생의 시련에도 희망은 있다고 말하고 싶습니다.
남들에게 보이는 것만 중요해지고 정작 내 마음은 행복하지 않은 시
대에 자신이 쓴 글을 보며 보이지 않는 마음이 행복해지는 사람들이
많아지면 좋겠습니다.

차 례

어릴 적 나

1 어릴 적 일기장

❷ Memory

❸ 폰으로 쓴 Poem

④ Family

⑤ 나의 일기장

초등학교 일기의 조각들

난 인형이 좋다.
왜냐면 귀여운 모습으로 나를 보고 있어서이다.

우리 집 피아노는 영창피아노이다.
때로는 피아노 치는 것이 지루하고 싫지만 치면 즐겁다.
피아노도 일기 쓰는 것과 똑같다.
피아노를 치고 있으면 슬픔이 모두 즐거움으로 바뀐다.
내가 잘 치면 눈 감고도 칠 수 있는 곡을 골라 하루 종일 쳐 봐야지.

내가 지금까지 읽은 책은 200여 권이지만
그래도 안 읽은 책들이 또 100여 권이 있다.
난 책을 좋아하기 때문에 틈만 있으면 책을 본다.
숙제하다가도 학교에서 조사한 책을 읽었고 지금은 그리스 신화를 읽고 있다.
집에서 공책에다 독후감을 쓰고 있다.
어머니는 가끔 책을 읽고 있으면 칭찬을 해 주신다.
그래서 독서가 더 재미있는지도 모른다.
책에서는 우리가 배워야 할 교훈도 나오고 우리 생활 모습도 나오니까
서로 비교하면서 책을 읽는 것도 좋을 것 같다.

\# 선생님, 저는 지금까지 사람들이 써 보지 못한 일기를 써서
《안네의 일기》와 같은 세계 사람들이 감동할 수 있는 책을 만들겠어요.
꿈같은 얘기라고 생각하실지 모르나 전 꼭 그렇게 할 거예요.
그리고 나의 이 결심이 변하지 않도록 언제나 노력할 거예요.

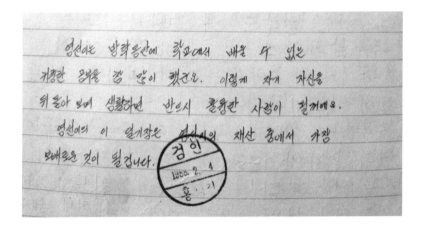

영선이는 방학동안에 학교에서 배울 수 없는 귀중한 공부를 참 많이 했군요.
이렇게 자기 자신을 뒤돌아 보며 생활하면 반드시 훌륭한 사람이 될거예요.
영선이의 이 일기장은 영선이의 재산 중에서 가장 보배로운 것이 될겁니다.

초등학교 4학년 담임선생님

내 마음에도 개나리가 피었으면 좋겠어요

친구들이랑 조잘거리며 떠든 운동장
어느 미끄럼틀보다 재미있는 우리 학교 미끄럼틀

노란 교복을 입고
아침이면 분주한 교실
우리 학교랍니다

담장에는 개나리가 피어요
어찌나 많은지 노란 세상 같아요
학교 가는 길에 개나리를 보고
기분이 좋아서 웃은 적도 있어요

아마
그런 꽃은 우리 학교 담장에만 필 거예요

저는 개나리가 좋아요
친한 친구 같답니다
거리에 집집마다 핀 개나리를 보면
우리 학교 담장에 있는 개나리를
누가 꺾어다 심어 놓았다는 생각이 들어요
내 어린 시절이 담긴 개나리가
내 마음에도 피었으면 좋겠어요

미끄럼대

놀이터나
교정에 서 있는
미끄럼대보다
더 높은 것이
아이들에게는 없다

그림을 그리게 하면
삼 층 교사의 지붕보다
더 높은 키의 미끄럼대를 그린다

하나, 둘,
셋, 넷,
차례차례 미끄럼대를 타고 내려오는
아이들 웃는 얼굴 입에는
물린 태양이 있다

그들은
하늘 꼭대기에서
내려오고 있는 것이다

첫눈

지금 첫눈이 왔다.

밤에 내리는 눈이 더 좋다.

가로등 불빛이 비치는 가운데 눈이 쏟아지는 모습과

하늘의 색은 볼 때마다 다르지만 정말 아름답다.

이 일기장은 생기면서부터 내게 기쁨을 준다.

밖에서 시간을 보내다가도 '아! 이 기분을, 이 내용을 일기장에 넣고

싶다.'라고 느낀 적이 한두 번이 아니지만 잘 써지지 않았다.

눈이 내리는 것을 좋아하지 않는 사람도 있을까?

눈을 생각하면 길이 미끄럽고 춥다고만 느끼는 사람도 있을까?

중학교 2학년 국어 선생님은 첫눈이 오는 날은 남편과 밖에서 만난다

고 한다. 정말 좋겠다.

눈이 내리는 모습에 젖어 거리에 서서 눈을 감고 있으면 4학년 때 생

각이 난다.

눈이 굉장히 많이 오는 날이었다.

하늘에서 큰 눈이 막 내리는 모습을 보고 가다 말고 거리에 서서 시를

쓴 기억이 난다.

썰렁한 날씨로 움츠리고 있는 우리에게 하늘이 주신 기쁨인 것 같다.

입시가 있어서 그런지 괜히 짜증이 날 때가 있다.

그렇지만 느낀 점이 있다.

세상이 아름답다는 것이다.

하늘, 눈, 자연만큼 아름다운 것이 또 있을까.

일기

나에게는 좋은 습관이 있다.

그것은 바로 일기를 쓰는 것이다.

지금도 초등학교 3학년 때부터 써 온 일기장이 책장에 꽂혀 있다.

읽어 보면 재미있고 또 내가 언제 이런 생각까지 할 수 있었을까 하고 생각하게 된다.

매일 다른 내용으로 크게 웃을 일도 많다.

교장선생님이 조회 때 칭찬하실 정도였다.

그런데 학년이 올라갈수록 점점 쓰지 않았다가 중학교 2학년 말부터 1년 정도 쓰지 않았다.

초등학교 선생님 말씀이 떠오른다.

"훌륭한 사람은 누구든지 일기를 썼던 사람이야."

나도 일기를 써서 훌륭한 사람이 되어야지 하고 다짐했던 기억이 난다.

나는 다행히도 일기를 강조하시는 선생님을 만나서 좋다.

일기를 쓰면서 지냈던 시절은 정말 좋았다.

하루하루 반성하면서~

소크라테스는 "비판적으로 음미해 보지 않는 삶은 살 가치조차 없다."라고 말을 남겼다.

반성하면서 지내야 한다는 뜻이다.

내가 힘써 공부해서 인생을 열 날들도 이제 3년 남았다. 너무 나태하게 지냈다.

고등학교 3년을 일기를 쓰면서 또 하나님 말씀대로 생활하도록 노력하는 가운데

최선을 다할 수 있도록 기도한다.

언어와 씨앗

말은 언제부터 생겼을까.

인류가 이 땅에 처음 살 때부터 존재했을까.
왜 사람이 사는 데 언어가 필요했을까.
사람은 여러 가지 생각을 하고 또 생각의 일부를 말이나 글로 표현하
기도 한다.
즉, 자신의 생각을 표현하기 위해 언어가 생겼을 것이다.

인간도 동물의 한 종류이기도 하지만
인간의 언어는 생각해서 표현할 수 있다는 점에서 정말 가치 있다.
사람에게 언어가 없다면 생각을 할 수 있는 특권도 누릴 수가 없다.
동물과 다른 점이 여러 가지가 있겠지만 그 이유들 가운데 가장 근본
적인 것은
언어가 있어서 생길 수 있는 것일 게다.

자! 농부는 봄이 되면 씨앗을 뿌린다.

흙 속에 있던 씨앗은 시간이 지나면 커서 여러 열매를 맺는다.

언어도 마찬가지다.

언어는 우리가 접하게 되는 어떤 것에도 미치지 않는 범위가 없다.

그런 것들이 있으므로 사람 사이에 의사소통도 가능하고

자신의 감정을 담은 문학도 발생하는 것이다.

씨앗의 최종점이 열매라면

언어의 열매는 오랜 세월 동안 이뤄 온 문학 작품들이다.

언어는 사람으로 하여금 모든 것의 기본이 되는 것을 가능하게 해 준다.

그러는 가운데 비속어 은어들도 생겨난다.

이렇게 쏟아지듯 전해 오는 것들 속에서도

우리는 좀 더 주체성을 가지고 받아들여야겠다.

말과 언어는 모든 것의 시작이기에

아름다운 삶을 위해 가장 필요한 것 같다.

어둠 속에서 보는 은행나무
너무 눈부시도록 예뻤지? 아마 평생토록 잊지 못할거야.
아마 우리가 얘기하는 동안 은행나무도 다 듣고 있었을거
내년에도. 내후년 10년. 20년 뒤에도
　가을이면 이 은행나무에 왔으면 좋겠다.
　오정이 살 곳만 같은 나무지?
　영원히 간직하고 싶은 시간이야
　우리가 가야할 길은 멀겠지만
　　이런 마음 변치 않았으면 좋겠다.

94. 11.

친구에게

어둠 속에서 보는 은행나무.

너무 눈부시도록 예뻤지? 아마 평생토록 잊지 못할 거야.

아마 우리가 얘기하는 동안 은행나무도 다 듣고 있었을 거야.

내년에도 내후년 10년 20년 뒤에도

가을이면 이 은행나무에 왔으면 좋겠다.

요정이 살 것만 같은 나무지?

영원히 간직하고 싶은 시간이야.

우리가 가야 할 길은 멀겠지만 이런 마음 변치 않았으면 좋겠다.

1994. 11. 17. 그 날의 낙엽들

가끔 음악이 날 감동시킨다

평소에는 전혀 느낄 수 없는 그런 황홀한 기분이 들게 한다.
그럴 때마다 난 음악 그 자체 안에서 즐거움을 느낄 뿐이다.
난 앞으로 하고 싶은 게 너무 많다.
내 머릿속은 음악에 관한 것으로 가득하다.
어떻게 노래를 해야 하는지도, 바이올린에서 어떤 아름다운
소리가 나는지도, 화음은 어떻게 넣어야 하는지.

베토벤은 어떤 생각으로 〈운명 교향곡〉을 쓰게 되었을까.
작곡은 과연 어떻게 하는 것인지.
알고 싶은 게 많다. 그동안 내게 기회가 없었던 게
아니 그것보다도 이런 생각이 왜 일찍 들지 못했을까
하는 아쉬움이 참 많다.
그랬다면 내 인생도 많이 달라졌을 텐데….

지금이라도 내 남은 시간들을 그렇게 열심히 즐겁게 살아갈 수
있다면 얼마나 좋을까. 얼마나….
대입이 얼마 남지 않았다. 정말 불안하기도 하고 두렵다.
이런 시간이 있어야 또 다른 세계에 들어갈 수 있다고
생각해야겠다.

아~ 음악은 정말 좋다. 아니 이런 말로는 나의 이런
기분을 표현할 수는 없을 거다.
나에게 꼭 그런 날들이 왔으면 좋겠다.
이런 상황에서 난 하나님을 찾을 수밖에 없다.
죄송스럽기도 하고 내가 이기적이라는 생각도 든다.
내가 힘드니까 찾으니까 말이다.
이 세상에 내놓으시고 또 이렇게 음악을 알게 하시고
또 이걸 통해 날 기쁘게 하시는 주님께 감사드린다.
내가 앞으로 어떻게 살아갈지 어떤 일들이 생길지
확실하지 않다. 하지만 지금 나의 생각들을 변치 않고
충실하게 살아갈 것이다. 반드시.

좋은 음악가가 되려면

충분하고 탄탄한 기본기
끊임없는 연습
연습 또 연습
소리에 대한 진지한 고민
음을 다루는 남다른 방법
확실한 자기만의 음악 철학
그러면서도 겸손한 태도
다양한 음악적 경험
폭넓은 음악 외적 경험
세상을 보는 남다른 시선
삶에 대한 깊은 이해
사람에 대한 깊은 사랑

풍부한 상상력과 유머 감각

허를 찌르는 기발함에

때로는 발칙한 도발까지

그것들을 즐길 줄 아는 여유와 낭만

차가운 머리와 뜨거운 가슴

아주 감성적일 것

매우 이성적일 것

약간의 결벽증

약간의 현실 불만족

거기에 극소량의 자아도취 첨가

그리고 이 모든 것에 앞서서

음악의 주인이시자

자신을 음악으로 인도하신 분

그분을 기억하는 것...

너에게 띄우는 글

정혜인

비는 싫지만 소나기는 좋고
인간은 싫지만 너만은 좋다
내가 새라면 너에게 하늘을 주고
내가 꽃이라면 너에게 향기를 주겠지만
나는 인간이기에 너에게 사랑을 준다

음악은 보이지 않는 춤이요
춤은 들리지 않는 음악이다　—리히터

소망의 시

서정윤

하늘처럼 맑은 사람이 되고 싶다
햇살같이 가벼운 몸으로
맑은 하늘을 거닐며
바람처럼 살고 싶다, 언제 어디서나
흔적 없이 사라질 수 있는
바람의 뒷모습이고 싶다

하늘을 보며, 땅을 보며
그리고 살고 싶다
길 위에 떠 있는 하늘, 어디엔가
그리운 얼굴이 숨어 있다
깃털처럼 가볍게 만나는
신의 모습이
인간의 소리들로 지쳐 있다

불기둥과 구름 기둥을 앞세우고
알타이산맥을 넘어
약속의 땅에 동굴을 파던 때부터
끈질기게 이어져 오던 사랑의 땅
눈물의 땅에서, 이제는
바다처럼 조용히
자신의 일을 하고 싶다
맑은 눈으로 이 땅을 지켜야지

공존의 이유

조병화

깊이 사귀지 마세
작별이 잦은 우리들의 생애

가벼운 정도로
사귀세

악수가 서로 짐이 되면
작별을 하세

어려운 말로
이야기하지
않기로 하세

너만이라든지
우리들만이라든지

이것은 비밀일세라든지
같은 말들은

하지 않기로 하세

내가 너를 생각하는 깊이를
보일 수가 없기 때문에

내가 나를 생각하는 깊이를
보일 수가 없기 때문에

내가 어디메쯤 간다는 것을
보일 수가 없기 때문에

작별이 올 때
후회하지 않을 정도로 사귀세

작별을 하며
작별을 하며
사세

작별이 오면
잊을 수 있을 정도로

악수를 하세

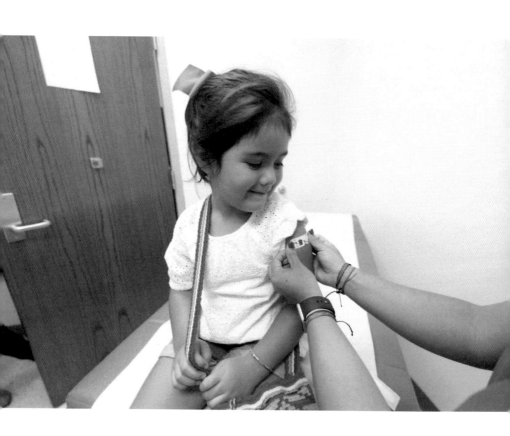

처음 병원 간 날

엄마 손을 잡고
아장아장
처음 갔던 병원
이의정 소아과

엄마는 무릎 위에 나를 앉히고
선생님은 옷을 올려
배를 보여 달라고 하신다
아이 차가워
차가운 청진기
그래도 처음 보는 신기한 청진기

금방 어디가 아픈지
알아내시는 신기한 선생님

의사 선생님 뒤에
큰 창문이 있어
햇빛 때문에 얼굴이 안 보인다
다음엔 꼭 봐야지 해도
지금까지도 모른다

병원에서 나던 시큼한 알콜냄새
주사가 안 아프다더니
진짜 아프네

그때부터 난 아플 거 같으면
딴생각을 한다

민들레 홀씨

솜사탕 같은 너를
호호 불었다
숨을 깊게 들이마시고
호~~ 호~~
어지러웠다

바람결대로
민들레 홀씨가 뿌려진다
날아다닌다

나도 저렇게 춤추고 싶다

너는
사뿐히 어딘가 내려앉아
또다시 살아난다

세상에서 가장 눈부시던 햇살

우리 초등학교 건물은 노란색
5층건물 중 맨위는 강당
강당에서 매일 연습하던 현악부

창문 옆에 악보를 놓고
혼자 또는 친구랑
바이올린 연습을 해라

그때 처음
햇살이 눈부시다 앉다
눈부시니
나도 모르게
눈을 감고 웃었다
그렇게 연습을 하며
설레이게 행복했다

지금도 그 햇살을 생각하니
얼굴을 찡긋하며
웃게된다

36

세상에서 가장 눈부시던 햇살

우리 초등학교 건물은 노란색
5층 건물 중 맨 위는 강당
강당에서 매일 연습하던 현악부

창문 옆에 악보를 두고
혼자 또는 친구랑
바이올린 연습을 했다

그때 처음으로
햇살이 눈부시다는 걸 알았다
눈부시니
나도 모르게
눈을 감고 웃었다
그렇게 연습을 하며
설레이게 행복했다

지금도 그 햇살을 생각하니
얼굴을 찡긋하며
웃게 된다

어릴적 내방 창문

거의 집에 있는 시간이 많았던
나는 이렇게 창밖을 보면서
나중엔 난 어떤 사람이 될지
어떤 곳에 가게 될지
상상을 많이 했다

빨강머리앤을 좋아하던 나는
앤처럼 상상하기만 해도
그렇게 된것같은 느낌을
즐겼다

그때 내가 할수있는
유일한 놀이였다

어릴 적 내 방 창문

거의 집에 있는 시간이 많았던
나는 이렇게 창밖을 보면서
나중엔 난 어떤 사람이 될지
어떤 곳에 가게 될지
상상을 많이 했다

《빨강 머리 앤》을 좋아하던 나는
앤처럼 상상하기만 하면
실제로 그렇게 된 것 같은 느낌을 즐겼다

그때 내가 할 수 있는
유일한 놀이였다

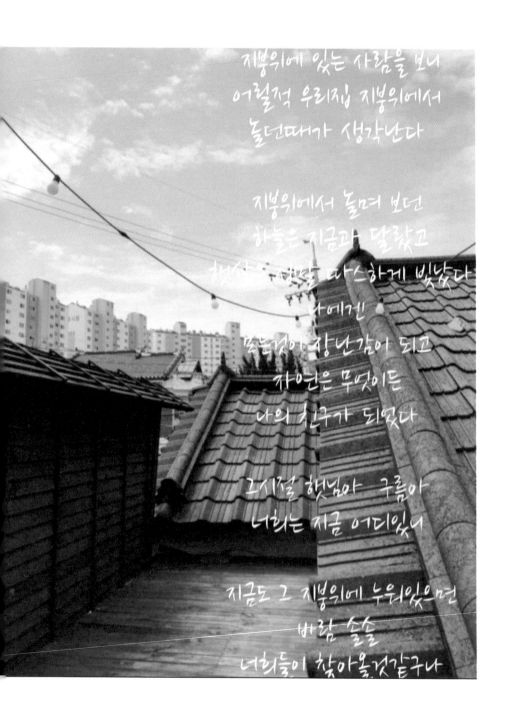

지붕위에 있는 사람을 보니
어릴적 우리집 지붕위에서
놀던때가 생각난다

지붕위에서 놀며 보던
하늘은 지금과 달랐고
햇살은 더욱 따스하게 빛났다
나에겐
모든것이 장난감이 되고
자연은 무엇이든
나의 친구가 되었다

그시절 햇님아 구름아
너희는 지금 어디있니

지금도 그 지붕위에 누워있으면
바람 솔솔
너희들이 찾아올것같구나

40

어릴 적 지붕 위에서

지붕 위에 있는 사람을 보니
어릴 적 우리 집 지붕 위에서
놀던 때가 생각난다

지붕 위에서 놀며 보던
하늘은 지금과 달랐고
햇살은 정말 따스하게 빛났다

나에겐
모든 것이 장난감이 되고
자연은 무엇이든
나의 친구가 되었다

그 시절 해님아 구름아
너희는 지금 어디 있니

지금도 그 지붕 위에 누워 있으면
바람 솔솔
너희들이 찾아올 것 같구나

눈 오는 날

어릴 적 학교 가는 길에 눈이 내렸다
난 길에 멈춰 서서 하늘을 본다
눈이 나에게만 쏟아지는 것 같았다

이렇게 펑펑 내리면 길은 다 하얗게 변했을 것 같은데 그대로다

그래서 길을 걷다가
하늘 보고 땅 보고
하늘 보고 땅 보고

지각하면 안 되는데
계속 멈춰 서게 된다

눈

뽀드득뽀드득
눈 쌓인 길을 걷다 보니
내 키가 점점 작아진다

뽀드득뽀드득
어릴 적 나의 뒷모습이 보인다

뽀드득뽀드득
이렇게 걷다 보니
어릴 적 나와 만난다

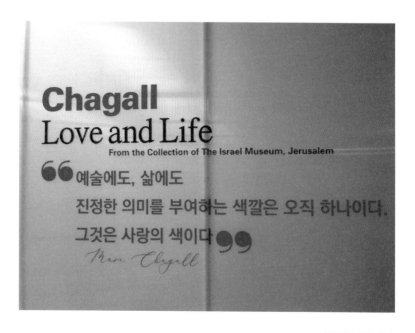

Chagall
Love and Life
From the Collection of The Israel Museum, Jerusalem
❝예술에도, 삶에도
진정한 의미를 부여하는 색깔은 오직 하나이다.
그것은 사랑의 색이다❞
Marc Chagall

샤갈 전시회에서

Gogh

까만 밤하늘에
총총히 박힌 별들이
나에게 쏟아지고있다

과자처럼
내 입 안으로 쏙들어오면 좋겠다

별

까만 밤하늘에
총총히 박힌 별들이
나에게 쏟아지고 있다

과자처럼
내 입 안으로 쏙 들어오면 좋겠다

비가 오면 좋겠다
천둥이 치면 좋겠다

나도 심장이 있다고
하늘이 심장소리를 내주면 좋겠다
쿵쿵...

내안에서 쿵쿵거리는
소리가 나 혼자만 나는 소리가 아니라고
따라서 쿵쿵거려주니
외롭지 않을거같다

하늘아 오늘은
날따라 쿵쿵거려주겠니

하늘의 심장 소리

비가 오면 좋겠다
천둥이 치면 좋겠다

나도 심장이 있다고
하늘이 심장 소리를 내 주면 좋겠다
쿵쿵

내 안에서 쿵쿵거리는
소리가 나 혼자만 나는 소리가 아니라고
따라서 쿵쿵거려 주니
외롭지 않을 거 같다

하늘아 오늘은
날 따라 쿵쿵거려 주겠니

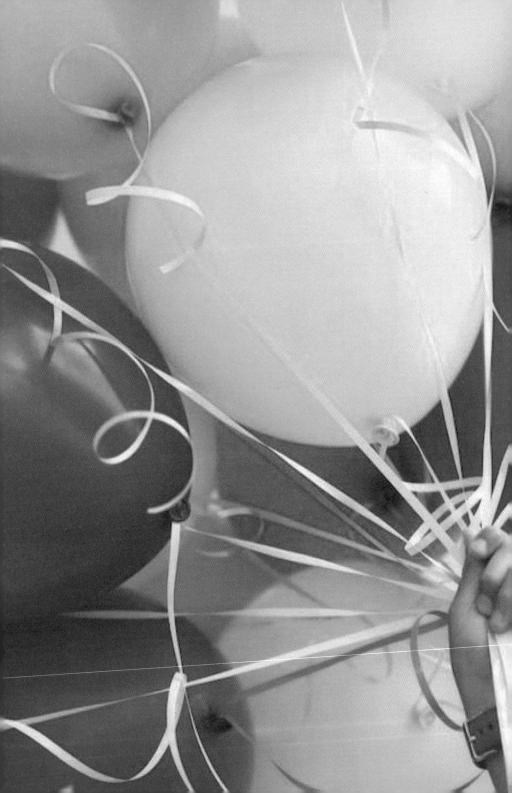

풍선

내 안에는 여러 개의 풍선이 있어
빨주노초파남보
여러 가지 색의 풍선

말이 시작되면
무슨 말이
먼저 나와야 할지 모르겠어

너의 표정에 따라
그날의 바람에 따라
풍선이 흔들리듯
뭐가 먼저 나올지 모르겠어

하지만 기억해 줘
내 안엔
빨주노초파남보
풍선이 모두 있다는 거야

사람의 빛깔과 빛깔이 만나
색을 만든다

누구를 만나느냐에 따라
다른 색이 나오고
새로운 색을 만드는것이
신기하다

새로운 언어가 만들어지고
새로운 빛을 쏘아올려
멀리 멀리
색이 퍼져
현실이 되기도 한다

무지개색

사람의 빛깔과 빛깔이 만나
색을 만든다

누구를 만나느냐에 따라
다른 말이 나오고
새로운 색을 만드는 것이
신기하다

새로운 언어가 만들어지고
새로운 빛을 쏘아 올려
멀리멀리
색이 퍼져
현실이 되기도 한다

봄이 되면

싹이 자라나는 소리
건물들도 키가 더 커 보이는데

꽃들이 크는 소리
나무가 기지개하는 소리

봄바람이 움직이는 소리
겨울바람과는 다른
가볍지만 생기 있는 솜사탕 같은 바람 소리

이제는
내 마음도 크는 소리가
들리면 좋겠다

고마운 나무

눈이 내려 하늘을 보니
하늘에서 내려온 눈이 나뭇가지에 앉아 있다

여기에 쉬었다 가라 한다
시간이 지나면 없어져 버릴 것을 알지만
그래도 잠시라도 쉬었다 가라 한다

물가에 비친 풍경

때론 물가에 비친 풍경이 더욱 아름답다
실제가 아닌 줄 알면서도 좋다

또한 바람이 살랑일 때마다
물이 퍼져 나가
조금씩 흔들리는 형체 또한 좋다

실제 풍경은 너무나 정확하지만
물가에 비친 풍경은
어렴풋해서 좋다

조금은 변할 여지가 있어서 좋다
조금은 더 아름다워질 수도 있어 좋다
자유로울 수 있어 좋다
상상할 여지가 있어서 좋다

사람 또한 그러하다

삶에 음악을 입혀 봐

음악이 들리지 않는다면
내 안에서 음악을 틀면 되잖아

그럼 행복해져~~ 지금보다

하늘에서 음표가 내린다

하늘에서 음표가 떨어진다
뚝뚝뚝 때론 쿵쿵쿵

바이올린 연습을 하다가 보니 창밖에 비가 내리고 있다
음악에 집중해 있다 보니 창문에 부딪히는 빗방울의 동그라미가
음표처럼 보였다 ♪♪
난 이러고 논다

아이는 나의 선생님

나만 알던 사람을 변하게 만든 선생님

자다가 절대 못 일어나는 내가
아이가 울면 일어나
우유를 타서 먹이고 기저귀를 갈아 준다
지난밤 내가 몇 번이나 일어났는지 기억도 안 난다

잠만 푹 자도 소원이 없겠네
기저귀만 떼어도… 말만 하면 편해지겠지 했는데
웬걸 매일매일 아이는 새로운 수업을 가르친다
집안일은 뚝딱할 줄 알았는데
이십 년을 해도 어렵다

갓난아이를 안고 소아과도 가 보고
두 아이와 비 다 맞으며 걷는 날도 있었고
어린이집도 보내 보고
학부모 회의도 가 보고 교실 청소도 해 보았다
축구 대회에도 가 보고
수영 대회 노래 대회 주산 대회도 가 보았다
매일 새로움의 연속이다
이젠 고3 엄마도 되어 보고 대학 입시도 함께 준비해 본다

매일 엄마의 역할을 잘할 수 있게 해달라고 기도한다
정말이지 나만을 위해 살 것 같았는데
내 마지막 소원이 무엇이냐 묻는다면
우리 아이들이 엄마 없이도 잘 지내길 바란다고 할 것 같다

그러니 아이는 나의 인생 최고의 스승이 아니겠는가

선물은 가장 필요한 것

어릴 적 어버이날
선물을 해야 하는 걸 알게 된 나이
무엇을 해야 하나 고민하니
선물은 그 사람에게 꼭 필요한 것을 주는 것이라고 한다

그래서 난 엄마를 며칠을 관찰했다
그리고 선물을 드렸다
난처해하는 엄마의 얼굴
난 왜 그런지 나중에서야 알았다.

나의 선물은 빨간색 고무장갑
엄마가 매일 쓰는 고무장갑이 구멍이 나 있었다
그래서 선물한 고무장갑
그 사람에게 꼭 필요한 가장 좋은 선물

시간이 지나 나에게도 딸이 생겨
나에게 준 깜짝 생일 선물
선물은 냄비 받침대
내게 가장 필요한 선물 같았다고

내 딸 맞네...

딸에게

세상에서 가장 좋은 것을 주고 싶다

내가 어릴 적 갖고 싶던
난 갖고 싶은 상상만 했던 것들
옷 샤프 침대 인형 필통을 사 주며
내가 가진 것보다 더한 행복을 느낀다

하나하나 사 주고 해 줄 때마다 행복하다
딸 방에 쌓여 있는 내 선물들
하나하나 무슨 사연이 있는지 모르는 딸
그 물건들을 보며
난 어릴 적 갖고 싶었던 것이라
쓰기도 아까운 것들
진열만 해 놓아도 행복한 것들을
만지작거린다

딸도 나중에 딸에게 선물하며
나의 기분을 느끼겠지

이런 게 인생인가 보다

호떡

어릴 적 길거리에 앉아 호떡 팔던 아줌마
엄마의 심부름으로 사러 간 나
도착하기도 전에 온통 호떡 냄새로 가득했던 길

호떡 만드는 기계가
내 키랑 딱 맞아서
신기하게 쳐다보던 나
밀가루를 반죽해서 동글동글
꾹 누르니 큰 동그라미가 되어
호떡이 되었다

그렇게 잊고 살았는데
우리 아들 손을 잡으니
딱 호떡이네
따뜻하고 도톰한 그때의 호떡이 생각나네
어쩜 그렇게 똑같을까

내 호주머니에서 자꾸만 꺼내 보는
따뜻한 아들의 손

오늘도 날 살게 한다

누가 나에게 살면서 가장 잘한 것이
무엇이냐고 묻는다면 난 주저하지 않고
아기를 낳고 기른 것이라고 말할 것이다.
어렸을 적엔 난 절대 평범한 엄마는 되지 않을 거라고
혹시 둘 중 하나만 선택하라면
내 인생, 나의 일을 선택할 거라 생각했다.

아이들 때문에 그동안 노력했던
자기 일을 포기하는 엄마들을 보면 바보처럼 느껴졌다.
그래서 난 더더욱 그렇게 살지 않을 거라
다짐, 다짐하며 살았다.

그렇게 결혼을 했다.
첫아이는 딸!!
처음에는 이렇게 집에서 밥하고 아이만 키워야 하는 상황에 우울하기
도 했다.
그렇게 다짐하던 집에만 있는 엄마의 자리에
내가 있었다.

딸은 어릴 적부터 나에게 생글생글 웃어 주었다.
내가 힘들면 안아 주고 울어 줬다.
그냥 내 모든 것을 아는 것 같았다.
그 어린아이가 말이다.
내 성격과 전혀 다른 내 딸이
난 참 좋다. 사랑한다.
내 마음의 햇살 같은 아이다.

둘째 아이는 아들!!

아가였을 때부터 의젓하게 나를 지켜 주는 것 같았다.

엄마 내가 있잖아. 걱정 마. 힘내.

이런 말을 항상 내뿜는 아이처럼 느껴졌다.

이제는 내 키보다 더 자란 내 아들

우리 아들 처음 자전거 탄 날을 잊을 수가 없다.

저 멀리서 혼자 자전거를 처음 타고

엄마 하며 웃으며 나에게 오는데

난 그때 처음으로

눈에 넣어도 안 아프다는 말을 알게 되었다.

내 아들이 탄 자전거가 정말 내 눈에 들어온다고 해도 정말 안 아플 것 같았다.

그때 내 마음에서 이런 소리가 들렸다.

'나도 네가 눈에 넣어도 안 아프단다.'

주님의 음성... 난 그 자리에 앉아 펑펑 울고 말았다.

내가 주님에게 그런 존재였다니...

상상도 생각지도 못했다.

하나님의 마음이 부어졌다.

아, 주님이 나도 이렇게 사랑하시는구나.

그걸 알려 주시려고 아이를 갖게 하시고 키우게 하셨구나.

아이는 내게 짐이 아닌 선물로 주신 것이구나.

난 아이들에게 매일매일 순간순간 "사랑해!"라고 한다.

"사랑해."란 말도 어색한 나에게 아이들은 사랑을 알려 주고 있다.

난 아이들에게 뜬금없이 자주 "사랑해."라고 한다. 그리고 안아 준다.

아이들이 날 안아 주면 주님이 날 안아 주시는 것 같다.

그리고 아, 우리 엄마가 날 이렇게 사랑하고 이렇게 키웠구나.

난 그걸 모르고 살았고 평생 몰랐을 수도 있는데 내 아이들을 보며 알게 되는구나.

이런 게 인생이구나.

내가 생각했던 것과 너무나 다르구나. 깨닫게 된다.

난 그렇게 어른이 되어 가고 있다.

주님은 우리가 이 땅에 살면서 무엇을 하길 원하실까.

무엇을 잘하고 이루는 게 아니라 아버지 마음을 알기를 원하실 것 같다.

난 오늘 하루도 "내 딸, 내 아들 사랑해!" 하며 하루를 마친다.

그러면 아이들은 "엄마, 사랑해!"라고 한다.

그 말이 나를 행복하게 한다.

나를 치료한다. 주님처럼.

아버지

내 나이 마흔다섯에
처음으로 보이는 것이 있었습니다

그것은 바로 아버지의 낡은 양복과 구두

난 좋은 집으로 이사했다며
부모님을 초대한 날
처음으로 보였습니다

왜 전에는 보이지 않았을까요
눈이 있어도 보이지 않는 것이 있나 봅니다

이제는 더 늦지 않게
오늘 밤부터는 눈을 비비며 자야겠습니다

엄마는 다 잘하는 줄 알았다

엄마는 다 잘하는 줄 알았다
어릴 적 8자를 쓰는데
점선 따라 그리는데도 난 삐뚤빼뚤

그런데 엄마는 한 번에 8자를 정확하게 그렸다
엄마가 정말 대단하다고 처음으로 느꼈던 순간이다

지금도 그때가 가끔 생각나고
그때부터 엄마는 완벽하고 다 잘하는 사람으로 생각되었다
지금 생각해 보면 참 우스운 일인데 말이다

아침에 일찍 일어나는 것도
하루에 여러 가지 반찬으로 밥을 세 번 해 주는 것도
따뜻한 도시락을 학교에 가져다주는 것도
설거지 청소를 하는 것도
엄마는 다 잘해서 잘하는 줄 알았다

그런데 내가 엄마가 되어 보니
그렇게 당연했던 것이 당연하지 않았다
이런 것들은 뚝딱하고 나의 스펙을 위해 달려갈 것 같았는데
지금도 그 당연한 것을 20년이 지나도 초보 같다

그때는 엄마가 더 잘해 줄 수 있는데도 안 해 주는 것 같아 서운했다
나이만 먹었지 마음은 똑같을 수 있다는 걸
내 나이 시절 엄마 사진을 보니 알 것 같다

지금도 모르는 것이 있겠지
70, 80이 되어서야 알게 되는 것이 있겠지
그래도 다행이다
지금이라도 알게 되어서

그리고 엄마에게 말할 수 있어서

뒤늦은 후회

왜 우리 엄마 아빠는 이럴까
다른 엄마는 영화도 보러 가라 하고 친구 집도 놀러 갔다 오라 하고
자유롭게 해 주는데 난 왜 이런 엄마를 만났을까
다른 엄마를 만났으면 혼나지 않을 일도 문제가 되지 않을 일도
난 왜 자유롭지 못할까

아빠는 왜 저럴까
좀 따뜻하게 해 주면 좋을 텐데
항상 무뚝뚝하고 다정하지 않을까

그런데 이제야 생각이 난다
초등학교 2학년 어린이날 선물로 피아노를 사 주셔서
지금도 우리 집에 있는 것을

아버지가 회사 당직이라고 내 생일 선물로 준비해 두고 갔던 카파 시계
지금도 내게 힘든 일이 생기니 집을 내놓으신 80세 가까운 아버지

이제야 생각난다

엄마 모임에서 미국 여행 가는데 날 대신 보내며

좋은 데는 네가 먼저 보고 오라고 했던 기억

너랑 같이 레슨 다닐 때가 태어나서 가장 행복했다는 엄마

사실은 그때 나 때문에 돈을 가장 많이 쓰셨는데

사람이 꼭 기억해야 할 것은 살다가 언젠가는 기억이 나나 보다

나도 그런 부모가 될 수 있을까

그 나이에 바라보는 자식에 대한 마음이

벌써부터 궁금해진다

이제야 어른이 되어 가나 보다

글 쓰는 사람은

함부로 이야기하지 않는다
이런 상황에
어떤 단어가 더 잘 어울릴지
한 번 더 생각하게 된다

내 마음속의 책에도
하늘의 책에도
한 자 한 자 기록되고 있기 때문이다

화가 나는 일이 있어도
어떻게 표현해야
상대의 마음이 상하지 않고
나의 마음을 표현할 수 있을지
자면서도 수없이 연습해 본다

윤동주 시인처럼
하늘을 우러러 한 점 부끄러움 없기를
내가 조금이라도 떳떳하길

그분 앞에 서는 날을 위해

기차의 종착지

기차를 타면 나를 가운데에 놓고
각기 다른 풍경이 지나간다
우리의 매일매일의 삶 속에서도
좋은 일 나쁜 일들이 동시에 지나간다

그때 내가 행복한 것에
내 마음을 집중할 수 있다면
내 마음이 뺏길 수 있다면
기차의 종착지는
나를 아주 행복한 곳에 데려다줄 것 같다

음악에서 가장 중요한 것은
악보에 기록되어 있지 않다
—말러—

난 꿈에서도 연주한다

10살 되던 해
바이올린을 연주하며
처음으로 심장이 쿵쾅거렸다

마흔다섯이 넘은 지금까지도
내 심장은
바이올린을 연주할 때만 쿵쾅거린다

가끔은 머리부터 발끝까지 전율이 흐른다
기분 좋은 번개를 맞는 것 같다

난 처음 알았다
기분 좋은 번개도 있다는 것을

하늘도 가끔은 기분이 좋은가 보다

신기한 나라의 앨리스

연주가 시작되면
《이상한 나라의 앨리스》의 문처럼
새로운 문이 나타나 열린다

음악을 따라 그 문 안으로 들어가면
평상시에 만나 볼 수 없었던 것들을 만난다

브람스 베토벤 멘델스존 라흐마니노프를 만나기도 하고
모차르트 시벨리우스 쇼스타코비치를 만나기도 한다

그러다가
초등학교 처음 바이올린을 연습했을 때 기억
친구들과 모여 연습할 때 반짝이던 햇살의 기억
학교 음악실에서 연습하며 땀을 너무 많이 흘려
바이올린에서 소금 냄새까지 났던 기억
창문도 없는 방에서 하루 종일 연습했던 기억
언젠가는 멋진 무대에서 연주하는 상상을 하며 연습했던 기억들이
하나하나 지나간다

12시가 되면 모든 것이
사라지는 신데렐라처럼
연주가 끝나면 문이 닫히고

아무도 없는 내 방에 홀로 남겨진다

꽃과 꿈

꽃이
우리에게 생기를 주는 것처럼
꿈도 우리에게 생기를 준다

시간이 지나면
꿈은 그저 꿈일 뿐이라고 하지만
내가 포기하지 않는다면
여전히 진행 중이다

꿈은 우리를 건강하게 하고
열심과 열정을 선물해 주기도 하고
살아갈 용기와
고난을 이겨 낼 힘마저 준다

꽃이 우리에게 영원히 있을 수 없더라도
많은 것을 주는 것처럼

꿈이 있다는 것은
나이 들지 않게
나이 들어도 외롭지 않게
친구가 되어 준다

"미래가 안보이는것은
미래가없기 때문이 아니라
너무 눈부시기 때문이다"

어느 드라마 대사 중에

멍

정말 슬프면 눈물이 나지 않는다
가슴에 멍이 든다
그런데 멍든 자국은 안 보인다

내 눈에만 보인다
내 가슴이 파랗게 멍들다 온몸이 까매지고 있다

다른 사람 눈에도 보일까
정말 내 눈에만 보이는 거겠지

그렇게 하늘을 향해 웃어 본다

너 참 잘 살았다

너 참 잘 살았다
그 힘든 일을 겪고도
오히려 더 열심히 살아서

너 참 잘 살았다
그 모진 말을 듣고도
대갚음하지 않아서

너 참 잘 살았다
가슴이 미어지게 숨죽여 울면서도
내가 잘못해서 생긴 일이라고
아이들을 위로해서

너 참 잘 살았다
아이들이 올 때면
최대한 웃으며 맞이하려 노력해서

너 참 잘 살았다
하늘이 다 보고 계심을 알고 살아서

너 참 잘 살았다
이제는 행복해질 시간이다.

지나면 모두가 빛나는 추억이어라

바위에 피는 꽃

바위와 바위 사이를 비집고도 꽃은 핀다
평범한 자리에 있는 꽃보다
더 생명력이 있어 이뻐 보인다
꽃아 이렇게 피어나느라 고생했어...

지금 힘든 사람들이 있다면
바위에서 피는 꽃을 생각해 보라
힘을 내라고 더 아름다운 꽃이 될 거라고 말해 주고 싶다
내가 힘들 때 "잘 지내?" 이런 문자라도 왔으면 하고
간절하게 핸드폰을 만지작거렸던 지난 시간을 떠올리며
내가 받고 싶었던 위로를 주고 싶다
참 신기하게 그게 날 살게 한다
생명이 흘러가기 때문이다

바위에 흐르는 물처럼...

행복해지는 법

어릴 적 좋아하던 것을 생각해 보는 것

내가 좋아하던 《빨강 머리 앤》
해와 달이 있는 한 우리의 우정은 영원히 변하지 않을 거야라고 맹세할
다이애나와 같은 친구가 있기를 소망했던 기억
앤처럼 힘든 일이 있으면 행복한 공상을 하며 창밖을 보며 웃어 보는 것
앤이 입고 싶어 하던 볼록 소매
나도 입어 보고 싶었는데 그 옷을 사서 처음 입어 본 날

울면 바보야 노래를 부르며 〈들장미 소녀 캔디〉를 생각해 보는 것
테리우스와 안쏘니
둘 중 어떤 스타일을 만나게 될까
진지하게 고민했던 기억

어릴 적 소원이 이뤄진 것들을 세어 보는 것
가고 싶은 여행지를 생각해 보고
여행 계획을 세워 보는 것
궁금한 나라를 유튜브로 먼저 가 보는 것
여행 갔을 때 좋았던 기분을 떠올려 보는 것
여행지에서 샀던 펜과 컵을 쓰며 그때의 기분으로 날아가 보는 것
아이들이 나에게 썼던 편지를 읽어 보는 것
아이들 어릴 적 사진을 보는 것

칭찬을 받았던 기억
선물을 받았던 기억
따뜻한 말 한마디에 눈물을 쏟았던 기억

그리고 오늘이 마지막일지도 모른다고 생각하면
찰나 찰나 사진 찍듯 눈에 담겨 감사한 기억만 남는다는 것
이렇게 상상만 해도 행복해진다는 것을

왜 사람들은 모를까

내 인생에 가을이 오면

윤동주

내 인생에 가을이 오면
나는 나에게 물어볼 이야기들이 있습니다

내 인생에 가을이 오면
나는 나에게 사람을 사랑했느냐고 물어볼 것입니다

그때 가벼운 마음으로 말할 수 있도록
나는 지금 많은 사람들을 사랑하겠습니다

내 인생에 가을이 오면
나는 나에게 열심히 살았느냐고 물을 것입니다
내 인생에 가을이 오면

그때 자신 있게 말할 수 있도록
나는 지금 맞이하고 있는 하루하루를 최선을 다하여 살겠습니다

내 인생에 가을이 오면
나는 나에게 사람들에게 상처를 준 일이 없었냐고 물을 것입니다

그때 자신 있게 말할 수 있도록 내 인생에 가을이 오면
사람들을 상처 주는 말과 행동을 말아야 하겠습니다

내 인생에 가을이 오면
나는 나에게 삶이 아름다웠느냐고 물을 것입니다

그때 기쁘게 대답할 수 있도록
내 삶의 날들을 기쁨으로 아름답게 가꿔야겠습니다
내 인생에 가을이 오면
나는 나에게 어떤 열매를 얼마만큼 맺었느냐고 물을 것입니다

즐거운 편지

황동규

내 그대를 생각함은 항상 그대가 앉아 있는 배경에서
해가 지고 바람이 부는 일처럼
사소한 일일 것이나
언젠가 그대가 한없이 괴로움 속을 헤매일 때에
오랫동안 전해오던 그 사소함으로
그대를 불러 보리라.

진실로 진실로 내가 그대를 사랑하는 까닭은
내 나의 사랑을 한없이 잇닿은 그 기다림으로
바꾸어 버린 데 있었다.
밤이 들면서 골짜기엔 눈이 퍼붓기 시작했다.
내 사랑도 어디쯤에선 반드시 그칠 것을 믿는다.
다만 그때 내 기다림의 자세를 생각하는 것뿐이다.
그동안에 눈이 그치고 꽃이 피어나고 낙엽이 떨어지고
또 눈이 퍼붓고 할 것을 믿는다.

겨울 편지

이해인

친구야
네가 사는 곳에도
눈이 내리니?

산 위에
바다 위에

장독대 위에
하얗게 내려 쌓이는

눈만큼이나
너를 향한 그리움이
눈사람 되어 눈 오는 날

눈처럼 부드러운 네 목소리가
조용히 내리는 것만 같아

눈처럼 깨끗한 네 마음
하얀 눈송이로 날리는 것만 같아

나는 자꾸만
네 이름을 불러 본다

나의 그림일기장

1판 1쇄 발행 2023년 7월 27일

글·사진 정영선

교정 주현강   **편집** 문서아   **마케팅·지원** 김혜지

펴낸곳 (주)하움출판사   **펴낸이** 문현광

이메일 haum1000@naver.com   **홈페이지** haum.kr
블로그 blog.naver.com/haum1000   **인스타그램** @haum1007

ISBN 979-11-6440-406-3 (03810)

좋은 책을 만들겠습니다.
하움출판사는 독자 여러분의 의견에 항상 귀 기울이고 있습니다.
파본은 구입처에서 교환해 드립니다.